Cet exemplaire a appartenu à l'Illustrateur E. d'Harandi comme quoi y a ajouté tous les dessins originaux sauf ceux des pl. 1, 3, 4 6, 12 et 6 = la pl. 11 a 2 dess. orig. De plus il comporte 3 dessins qui vraisemblablent n'ont pas été gravés.

Frontispice.
des fastes du Peuple français.

...haudricourt, Invenit.   Huet, Direxit.

Mort du Chevalier d'Assas

à Klostercamp 1760.

DASSAS, issu d'une ancienne famille de la cidevant province du bas Languedoc, fût destiné dès sa jeunesse au parti des armes; son application et son mérite le firent bientôt nommer capitaine au régiment Dauvergne, et chérir de sa compagnie. Il donna des preuves de sa bravoure dans plusieurs campagnes.

Le Général en Chef, Prince héréditaire de Brunswick, ayant fait toutes ses dispositions à la faveur de la nuit pour surprendre l'Armée Française. Dassas, posté avec son régiment près du bois de Klostercamp, et voulant s'assurer par lui même de la position de l'ennemi, alla seul pour fouiller le bois, apeine eut-il avancé quelques pas, quil se sentit entouré d'une troupe ennemie, qui, la bayonette au corps le menaçerent de le tuer sur la place, s'il disoit un mot, mais ce nouveau Curtius, n'écoutant que son intrépidité, cria avec transport, » a moi, Auvergne, ce sont les Ennemis. Il expira à l'instant et ces dernières paroles sauverent l'armée.

Louis XVI fit une pension de mille livres, héréditaire, jusqu'à l'extinction des mâles de la famille de Dassas.

Le Cen Jolivet. Conseiller d'état, et Commissaire des 4 départements réunis de la rive gauche du Rhin, a ordonné qu'il soit élevé sur le Champ de Bataille de Klostercamp, en l'honneur du Chevalier Dassas, une colonne sur laquelle on lira les dernières paroles du héros.

Mort Glorieuse du Général Dampierre.

(9 Floreal an 2. (28 Avril 1793)

Parmi tous les généraux qui se sont signalés par des actions aussi éclatantes que périlleuses, les Fastes du peule français doivent rendre hommage à la mémoire du Général Dampierre. Toujours hardi dans l'attaque et intrépide dans les combats, ce brave militaire s'est fait remarquer en différens Sièges où il s'est couvert d'une gloire immortelle, on le voyoit toujours à la tête des soldats, les conduire lui même au champ d'honneur, dans les entreprises les plus difficiles où sa vie étoit en danger, il combattoit à côté d'eux et les encourageait par son exemple.

C'est à la fameuse Bataille de Saint Amand que l'intrépide Dampierre parcourant les rangs eut son cheval tué sous lui, et au même instant un boulet de canon lui emporta la cuisse, ce brave Général mourut de sa blessure sur le Champ de Bataille, en expirant, il prononça ces dernieres paroles,

„ Ce n'est rien mes amis; allez, ne perdez pas de tems, la Victoire est à vous.

Pl. 3.

MORT DU GÉNÉRAL DESAIX.

Le brave Desaix *profita d'une suspension d'armes en Egypte, pour aller en Italie visiter les campagnes célèbres que Bonaparte allait illustrer d'une gloire nouvelle, et pour revoir cet homme extraordinaire. L'accueil qu'il en reçut fut digne de tous deux. A son arrivée, le* Général premier Consul *fit mettre à l'ordre de l'Armée, l'expression de sa haute estime pour* Desaix.

Desaix *n'avait rejoint le quartier-général que depuis trois jours ; il brûlait de se battre. La veille de la bataille de Maringo (24 prairial), il avait dit deux ou trois fois à ses aides-de-camp :* « Les boulets ne nous connoissent plus en Europe. »

Dans le plus fort du feu, dans l'instant qui décidait la victoire, frappé d'une balle mortelle ,....... Desaix *tombe expirant sur le champ de triomphe. Ses dernières paroles furent :* « Allez dire au premier Consul que je meurs avec le regret de n'avoir pas » assez fait pour vivre dans la postérité. »

Lorsqu'on vint annoncer au premier Consul la mort de Desaix, Bonaparte *ne proféra que ces paroles :* « Pourquoi ne m'est-il pas permis de pleurer! »

Desaix, *dans le cours de sa vie, eut quatre chevaux tués sous lui, et reçut trois blessures. Ses soldats lui donnaient, ainsi que les Autrichiens, le surnom de guerrier sans peur et sans reproches. En Egypte, les Mahométans lui décernèrent le glorieux titre de* Sultan juste.

Né près de Riom, département du Puy-de-Dôme, au mois d'août 1768, il mourut le 23 prairial de l'an 8 (14 juin 1800.).

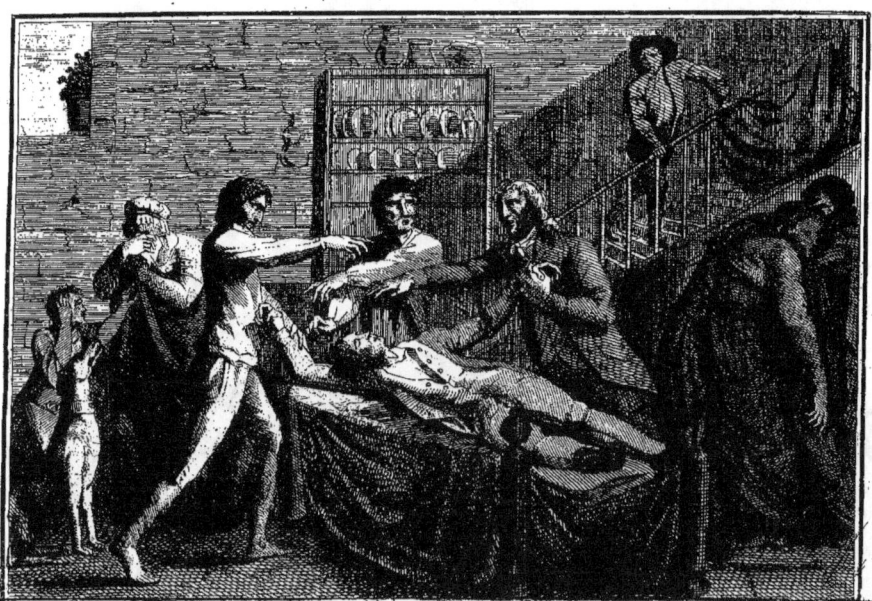

Stoïcisme d'un Républiquain de Givet.

15 Brumaire An 4ᵉ. (6 Novᵉᵐ 1795.)

Un jeune Citoyen de Givet voyant chaque jour l'ennemi piller et désoler le domaine de son père, sortoit quelque fois avec son fusil, et parvint à punir quelques uns de ces maraudeurs, toujours trop dangereux pour les malheureux qui se trouvent dans les lignes des Armées.

Le 15 Brumaire An 4. Ce jeune homme se trouva aux prises avec trois hussards ennemis, sa bravoure et son courage l'avoient rendu maître du Champ de Bataille, ayant mis l'un hors de combat, tué l'autre, le troisième qui prenoit la fuite revint aussitôt avec plusieurs de ses camarades, se jetter sur cet infortuné, le cribler de coups et le laisser pour mort sur la place, comme il respiroit encore, on le chargea sur un brancard pour le porter à la maison paternelle, cet évenement porta le deüil dans toute la famille, le père en témoignant sa douleur, dit aux deux autres de ses fils. „mon âge me donne autant de regret de ne pouvoir prendre les armes pour mon pays, que je ressens de peine de la perte que je viens de faire de mon enfant. Ses fils, témoins de cette Scène touchante, jurent sur le chevet du lit de leur frère de venger sa mort; ce serment arracha des larmes de joie à ce bon père. „ Ô ma patrie! s'écria t'il „mes enfans sont dignes de leur pays, comme de leur père.

Pl. 5.

Dévouement de LATOUR-D'AUVERGNE-CORRET.

Latour-d'Auvergne, *déjà connu par de longs et généreux services, avait pour ami le citoyen* Lebrigant. *Ce patriarche de la Bretagne, homme de lettres, auteur des* Celtes Brigantes *et autres ouvrages sur les* Antiquités gauloises, *pleines de recherches savantes et de sagacité. Ce bon père de famille avait déjà fourni à la conscription militaire quatre de ses enfans; son cinquième fils allait le quitter pour entrer au service exigé par la patrie; déjà le havresac sur le dos, il fesait ses tendres adieux à l'auteur de ses jours.........* « Non, il ne partira point, *dit* Latour-» d'Auvergne *à son ami*, tu es père de plusieurs enfans, qu'il t'en reste au moins un; » laisse-moi acquitter la dette de l'amitié........ » *Le premier grenadier des armées part comme conscrit; mais il emporte dans son cœur généreux la reconnoissance d'un ami octogénaire, à qui il laisse le plus jeune de ses fils.*

Nous n'essaierons pas de rendre ici le combat qu'il y eut entre le père et son ami. Latour-d'Auvergne *embrasse ce respectable vieillard et le fils, prend le chemin des Alpes, où il ne fut pas moins redoutable à l'ennemi qu'il ne l'avait été dans les Pyrénées.*

Ce beau trait de Latour-d'Auvergne, *dont sa vie en est remplie, méritait d'être distingué.*

Pl. 6.

Mort de LATOUR-D'AUVERGNE-CORRET,
Premier Grenadier des Armées de la République.

Le 9 messidor an 8 (27 juin 1800.)

L ATOUR-D'AUVERGNE , *né le 23 novembre 1743 , dans la ville de Carhaix, département du Finistère (Bretagne), fut mousquetaire en 1767, capitaine au régiment d'Angoumois en 1779. Il prit du service en Espagne en 1782 ; le roi le fit chevalier de l'ordre de Charles III. En 1786, il rentra dans sa patrie; il fut nommé capitaine des grenadiers en 1792. Sa bravoure et son courage l'eussent élevé au grade de général,* mais Latour - d'Auvergne *préféra rester capitaine ; alors,* le Général premier Consul *lui donna le sabre d'honneur, et le créa* premier Grenadier des Armées.

Le 3 messidor an 8 , le brave Latour-d'Auvergne *entra dans l'armée du Danube , et six jours après , en combattant à la tête des grenadiers de la 46e. , sur la colline d'Oberhausen , dans le moment qu'il arrachait l'enseigne d'un houlan , un autre vint à toute bride, lui porta un coup de lance droit au cœur ; il tomba sans proférer une parole.*

Pendant trois jours , les tambours des grenadiers de toute l'armée furent voilés d'un crêpe ; son sabre d'honneur fut suspendu aux voûtes du temple de Mars *(la grande église des Invalides), le premier vendémiaire an 8.*

Latour-d'Auvergne *avait près de cinquante ans de service , dont trente-six effectifs ; il était tout-à-la-fois brave et savant ; c'était l'un des plus profonds étymologistes de France : il a laissé un glossaire.*

Pl. 7.

Humanité héroïque du CITOYEN RENAUD, Chef d'Escadron, Officier
supérieur de la Garde Consulaire.

Le 26 nivôse an 10 (16 janvier 1802.)

Paris *ne fut pas exempt des inondations qui couvrirent presque tout le sol de
l'empire français. La Seine avait débordé, les Champs-Elysées étaient couverts de
ses eaux. Une Femme était dans une charette, conduite par un jeune homme ; ils
ignoraient que la route était impraticable, et ils étaient engagés trop avant pour
revenir sur leurs pas. La voiture vint à chavirer ; c'en était fait de la femme et du
jeune conducteur ; ils étaient au moment de perdre la vie ; mais le citoyen* Renaud
*tenait la même route. Il entend des cris aigus ; l'éclair est moins rapide. Il se pré-
cipite hors de sa voiture, se jette à la nage, saisit* la femme *par la chevelure, et la
retire du péril qui menaçait ses jours. A son exemple, un* Marinier *rendit le même
service au* jeune homme.

*Chez les Romains, l'Officier de la garde des Consuls eût obtenu la couronne
civique* (Observatos cives), *pour avoir sauvé un citoyen.*

Toute la France a rendu hommage à ce trait généreux, sans en être surprise.

Pl. 8.

Dévouement du CITOYEN MENTOR, Adjudant Commandant, ex-Membre du Conseil des Cinq-Cents.

Le 8 nivôse an 10 (29 décembre 1801.)

Un Matelot de l'équipage la Créole, frégate mouillée dans la rade de Brest, tombe à l'eau en descendant par l'échelle de poupe ; il périssait : le citoyen Mentor, passager à bord de ce bâtiment, se trouvait en ce moment dans la dunette. Il s'élance par la fenêtre, saisit l'échelle de corde, se précipite, malgré les cris de sa famille et le gros temps qu'il fesait, dans le canot qui était à la poupe ; son exemple excite le zèle de quelques canotiers, et ils arrivèrent assez tôt pour sauver le malheureux qui nageait encore.

C'est ainsi qu'au péril de ses propres jours, le citoyen Mentor conserva à la république un excellent Matelot de vingt ans. Il voulut en vain dérober au public cet acte de dévouement : sa modestie lui met une seconde couronne.

Pl. 9.

REPRISE DE LA GUADELOUPE.

Le 15 prairial an 2 (3 juin 1794.)

Les colonies françaises, et sur-tout les îles du Vent, ont été le théâtre d'une foule d'actions héroïques, inconnues en Europe, ou trop rapidement oubliées.

La Guadeloupe, cette île intéressante, découverte par Christophe Colomb, est de quatre-vingts lieues de tour. Les Français s'y établirent en 1635. Prise par les Anglais en 1759, elle fut rendue à la France en 1763. Cette superbe Colonie jouissait des bienfaits de la mère patrie, lorsque les Anglais vinrent, dans le mois de germinal an 2, avec des forces si supérieures, que le peu de troupes qui s'y trouvaient alors, furent obligées de l'abandonner. Mais cinquante jours après, le chef de bataillon d'infanterie légère, Boudet, aujourd'hui général de division à l'armée d'expédition pour les Colonies, fut chargé d'enlever d'assaut, avec son bataillon et deux cents matelots, la ville de la Pointe-à-Pitre. L'assaut fut donné dans la nuit du 15 au 16 prairial. En vain l'ennemi, fier de sa position formidable et de son artillerie foudroyante, opposa la plus opiniâtre résistance, les Français se rendirent maîtres du fort Fleur-d'Épée. Les Anglais, quoiqu'au nombre de neuf cents, et soutenus de quinze pièces de canons, furent obligés d'évacuer et de nous abandonner la ville. La division navale des Français vint aussitôt mouiller dans la baie.

Pl. 10.

Sang froid intrépide de VICTOR HUGUE, Commissaire du Gouvernement à la Guadeloupe.

Le 16 prairial an 2 (4 juin 1794.)

Les Anglais, chassés de la Guadeloupe, le 16 floréal an 2, reparurent quelques jours après avec quatre-vingts bâtimens de toutes grandeurs ; ils vinrent prendre position sur le morne Mascot, et là ils établirent trente bouches à feu, qui firent un dégât terrible. Un boulet vint donner à travers la maison qu'habitait le citoyen Victor Hugue, commissaire du gouvernement. Les Anglais rentrèrent dans la ville, conduits par les émigrés du pays ; leur cri général était de n'épargner personne. Les Français combattirent comme des lions ; mais que peut le courage contre le grand nombre ? Dans le péril extrême, une voix s'éleva et prononça le mot de capitulation. — Non (s'écria aussitôt le brave Victor Hugue), non ! défendons-nous et mourons ! Cette belle réplique sauva la Guadeloupe, et procura par suite la victoire aux Français.

On en était réduit à cette extrémité, quand une canonnière, que les Français avaient dans la baie, sous les ordres du capitaine de vaisseau Conseil, fut dirigée avec tant d'adresse sur l'endroit d'où paraissait venir le feu des Anglais, qu'un boulet tomba précisément parmi des gargousses entassées. Cette explosion terrible causa la mort à plus de quatre-vingts Anglais, et au capitaine de vaisseau commandant les matelots armés.

Pl. 11.

Trait héroïque de l'Adjudant-Major P A R I S , Général de Brigade , et du
Capitaine d'Artillerie B E R N I O L.

Le 13 messidor an 2 (premier juillet 1794.)

En même-temps l'adjudant-major Pâris *(depuis général de brigade commandant à
la Guadeloupe) , plaça deux canons , seulement sur rouleau , les tira avec tant de
succès , qu'il empêcha la colonne anglaise d'avancer. Vers les six heures du soir ,
les Anglais établirent plusieurs batteries de canon sur la* pointe St.-Jean , *vis-à-vis
la ville* Pointe-à-Pitre , *et commencèrent un feu si violent et si soutenu , que la des-
truction et la désolation régnaient dans tous les quartiers de ce chef-lieu de la*
Guadeloupe.

Mais l'intrépidité du capitaine d'artillerie , Berniol , *étonna l'ennemi. Resté
seul à une pièce de canon , placée sur une avenue de la ville , déterminé à
venger la mort de ses braves frères-d'armes , et plein de ce courage qui tient au
caractère français , il chargea cette pièce à mitraille jusqu'à la gueule , et la tira
si à propos sur une colonne anglaise qui s'avançait vers lui ; il en renversa et
culbuta un si grand nombre , qu'ils furent forcés de cesser l'horrible carnage auquel
ils s'étaient livrés. Ce beau trait ramena la victoire du côté des Français.*

Pl. 12.

Courage invincible du Citoyen BOUDET, Général de division, et du
Citoyen PILARDI, Capitaine d'artillerie.

Le 14 messidor an 2 (2 juillet 1794.)

A l'aube du jour, on n'eut pas plutôt reconnu la position ou le désordre des enne-
mis, qui, tous effrayés, couraient en criant : Canon, canon! *que le général de divi-*
sion Boudet et le capitaine d'artillerie Pilardi, résolurent de mettre à profit la
mauvaise contenance des Anglais ; ils se partagèrent le peu de troupes rassemblées
au morne du gouvernement, et fondirent sur l'ennemi avec une impétuosité et un
acharnement inexprimables, le mirent en pleine déroute, enlevèrent son artillerie
et firent huit cents prisonniers, parmi lesquels se trouvèrent trente-cinq officiers ;
l'ennemi perdit en outre neuf cents hommes, tant morts que hors de combat.

C'est ainsi que deux cents Français, bien déterminés à vaincre ou à mourir, défirent
entièrement trois mille cinq cents Anglais ; et par une suite d'actions héroïques, assurèrent
la conquête du reste de l'île ; ils surent conserver dans son intégrité l'une des plus intéres-
santes colonies de l'empire français.

Pl. 13.

Dévouement d'une PATROUILLE de la 51ᵉ. Demi-Brigade.

Dans les premiers jours de fructidor an 9 (fin d'août 1801.)

Sur la demande du contre-amiral, pour faciliter le service de la rade de Boulogne, le Préfet maritime de l'arrondissement du Hâvre lui fit passer sept petits canots. Arrivés devant Cucq, ils furent serrés à la côte par une corvette, un brick et plusieurs péniches anglaises. Les canots, par leur petitesse, ne pouvant porter du canon, et les matelots n'ayant aucun moyen de défense, s'étaient jetés sur le rivage. Les péniches anglaises en avaient déjà amariné deux, lorsqu'un détachement de cinquante hommes de la 51ᵉ., qui fesait patrouille, accourut; les braves s'éparpillèrent en tirailleurs, dans l'eau jusqu'à la ceinture, et engagèrent une fusillade si vive, que l'ennemi fut obligé d'abandonner les canots, deux exceptés, qui étaient déjà trop loin de la portée du fusil. Les corvettes et les autres bâtimens ont tiré plus de quinze cents coups de canon pour protéger cette expédition, et pour riposter à la fusillade de nos cinquante braves. Sur une seule péniche, il y eut cinq à six hommes tués; les nôtres étaient tellement dispersés dans l'eau, qu'ils revinrent sans compter un seul blessé.

Pl. 14.

Zèle et courage du CITOYEN JUIN, jeune homme de Niort.

29 prairial an 9 (18 juin 1801.)

Un incendie se déclara vers les quatre heures du soir, sous le toit d'un sabotier, dans le bourg de Coulon, sur la Sève-Niortoise. Un vent impétueux mit le comble à l'horreur de cet évènement ; déjà dix-huit habitations étaient la proie des flammes, avec tout ce qu'elles renfermaient. Les pompiers furent appelés, mais un peu tard ; Le maire de la commune avait lieu de compter sur l'activité et le zèle des habitans incendiés. Ces bonnes gens, sans doute stupéfaits par la présence du danger, ne furent presque d'aucun secours ; *la gendarmerie ne put les contraindre à prendre une part active à un malheur dont ils étaient les propres victimes. Tout le bourg allait être incendié. Un jeune homme apprend ce qui se passe à Coulon ; il quitte tout, se précipite vers le théâtre de l'évènement affreux ; il s'y multiplie, son zèle le porte par-tout à-la-fois ; son courage redouble ses forces ; il vint à bout de suspendre le cours du feu, et sauva le reste des habitations.* Le nom de ce jeune homme mérite d'être connu et consigné dans les fastes. C'est le citoyen *Juin* ; il est de Niort.

N'oublions pas de citer dans les annales de vertu, le nom de madame de Montbrun, qui non-seulement avec sa sœur pansa les blessés, mais encore paya des hommes pour le service de la pompe.

Pl. 15

Belle conduite et bravoure de GARRICK, caporal à la 4ᵉ compagnie du premier bataillon des Pontonniers.

Deux choses donnent la consistance et un véritable éclat aux empires et aux gouvernemens, les belles actions des citoyens et les récompenses nationales. Tant que la patrie sera reconnaissante, elle trouvera de fidèles sujets.

Garrick, caporal dans la 4ᵉ compagnie du premier bataillon des pontonniers, au passage du Rhin, à Beichlingen, quoique chargé d'un autre travail, et guéri à peine d'une blessure au genou, qu'il reçut à la construction d'un pont sur la Reuss, s'élança sur un des premiers bateaux qui fut jeté à l'eau, en criant : En avant! en avant! il activa et encouragea par son exemple l'embarquement de l'infanterie, continua à travailler avec la plus grande ardeur au passage des barques, jusqu'à l'arrivée de l'équipage des ponts, revint alors reprendre les fonctions qui lui avaient été assignées, et concourut autant par la célérité avec laquelle le pont fut établi, qu'il avait contribué par son ardeur et son courage au succès du premier embarquement.

Le premier Consul accorda, le 26 vendémiaire an 9, un brevet d'honneur au citoyen Garrick, accompagné d'une grenade d'or, distinction faite à Garrick au nom du Peuple français.

Pl. 16.

Belle Action de François REYNARD, Fourrier au 5ᵉ. Régiment de Hussards.

Thermidor an 7 (juillet 1799.)

Sur le territoire d'un bourg mûré, en Syrie, un Musulman très-riche habitait une superbe maison de campagne. Le matin il fait sortir de son sérail son Esclave favorite, et la conduit un peu à l'écart pour lui plonger le poignard dans le sein. Reynard, qui se promenait dans les environs, entend des cris plaintifs; il apperçoit la scène terrible qui les provoquait; il court, s'élance comme un trait, et est assez heureux pour pouvoir donner un coup de revers de son sabre au Musulman prêt à frapper sa victime; le coup fut si bien assuré, qu'il abattit le poignet de l'homme cruel et jaloux. Par cette action hardie, il sauva les jours de la jeune infortunée, laquelle, en lui témoignant sa reconnaissance, lui fit signe d'aller chercher du secours, et donna tous ses soins à ce riche Musulman.

Quelques heures après, quelle fut la surprise de Reynard, en voyant arriver un esclave, avec un superbe cheval, au piquet d'hussards qui bivouaquait dans le voisinage. L'esclave demande un chrétien qu'il désigne par le beau trait ci-dessus; il lui remet le cheval et une bourse pleine d'or : Le Musulman que tu viens de frapper, me charge de te remercier; Mahomet, en te choisissant pour lui couper la main, a prévenu un forfait dont le cœur de mon maître eût saigné toute sa vie.

Courage d'Etienne Trouva
Agé de 12 ans.

23 Nivose an 9. (12 Janvier 1800.)

Un Loup furieux faisoit de terribles ravages à St Maximin Commune de l'Isere. Déjà plusieurs personnes avoient été attaquées et meurtries par cet animal feroce, un habitant du lieu avoit perdu la vie en voulant sauver celle d'une femme; un jeune homme alloit également éprouver le même sort, lorsqu'un Enfant de 12 ans, dont le nom mérite d'être connu, Etienne Trouva armé seulement d'une Serpette, s'élança sur l'animal plein de rage et en reçut au même instant une blessure au front; Cet Enfant courageux ne se rebuta point, il enfonça une de ses mains dans la Geule du Loup, et de l'autre lui coupa les Narines, l'Animal quitte aussitôt sa proie, et en prenant la fuite, il fut atteint de deux Coups de feu dirigés adroitement par des Chasseurs, qui l'étendirent mort sur la place.

Etienne Trouva reçut du Ministre une Lettre honorable, et le Préfet fut autorisé à donner une gratification à ce généreux enfant qui sans doute un jour ne sera pas un homme ordinaire.

un soldat *sauvé par une femme*

Marie Royer _ vivendière

Action Héroïque de Marie Royer.

22 Ventose An 5.ᵉ (12 Mars 1797.)

Marie ROYER étoit femme de Pierre Vasschin, Soldat de la 51.ᵉ ½ Brig.ᵈᵉ L'attachement qu'elle portoit à son époux, et le plaisir qu'elle éprouvoit de voir sans cesse les traits de bravoure et d'Héroïsme des défenseurs de la Patrie, l'avoient décidée de suivre l'Armée dans toute sa marche.

Le 22 Ventose An 5. la Division du G.ᵃˡ Serrurier passa la Piave vis-à-vis le Village de Vidor. Le Gén.ᵃˡ Guieux traversoit la même Rivière à L'Ospedaletto. A deux heures après midi, un Soldat entraîné par le courant étoit sur le point de se noyer, Marie Royer qui se trouvoit sur la rive, sans s'arrêter au danger qu'elle couroit elle même, se précipite aussitôt dans le Fleuve, saisit par les Cheveux le Militaire qui alloit infaillablement périr, regagne le rivage où l'attendoient plusieurs Guerriers étonnés de ce courage héroïque. " Ah ! s'écria t-elle en leur remettant le Soldat qu'elle venoit d'arracher à la mort, si je n'ai pas combattu pour la patrie, j'ai dumoins la satisfaction d'avoir sauvé un de ses défenseurs.

Le Général sensible au trait héroïque de cette femme, s'empressa de la féliciter sur son dévouement et lui donna une forte récompense.

Courage Héroïque d'Alik de Dieppe
agé de 12 ans.

18 Fructidor An 6 (4 7bre 1798)

Un bateau pêcheur du port de Dieppe se trouve surpris et poursuivi dans le courant du mois de Fructidor an 6 par une Corvette Anglaise qui s'étoit avancée jusques sous les Batteries de ce port; un enfant agé de 12 ans nommé ALIK de la même Commune eut le courage de rester sur le Pont pendant toute la Chasse de l'ennemi, et dans le fort du Combat il reçut une balle qui lui traversa la Cuisse ni cette blessure dangereuse, ni le Sifflement des balles ne purent ébranler son Courage; il resta ferme a son poste pendant toute l'action; les personnes qui l'entouroient ne se doutoient point du coup qu'il avoit reçu; Lorsque le Combat fut terminé et que le Bateau fut hors de danger ce généreux enfant prit la parole et avoua qu'il avoit reçu une blessure dans la Cuisse dont la douleur lui étoit insuportable on lui marqua beaucoup d'étonement sur son courageux silence, et il repondit, le Combat étoit trop dangereux pour que l'on eut le tems de s'occuper de moi et d'ailleurs il étoit bien plus important de se sauver tous que de donner du secours a un blessé qui pourroit encore être utile en sachant se taire.

Leyrae et Barro por Goures

Courage Héroïque de Barreau femme Léyrac.

26 Thermidor, An 2 (13 Aout 1794)

Barreau voulant partager la gloire de Leyrac son mari et de son frere, tous deux Grenadiers au 2ᵉ Bataillon du Tarn, Armée des Pyrennées Occidentales prit le parti de les suivre sous l'habit de Grenadier. Cette Héroïne enflamée de l'amour de la patrie s'est souvent illustrée par son Courage et son Intrépidité.

Le 26 Thermidor an 2ᵉ ce Bataillon fut commandé pour aller attaquer la redoute Espagnole Dalloquo, Barreau se trouve dans les rangs près de son mari et marche vers l'Ennemi ; le Combat s'engage cette femme extraordinaire voit expirer son frere et reste a son poste, son mari tombe frappé d'une balle, ces malheurs raniment son courage, elle presse sa marche, entre la troisieme dans les retranchement et la redoute est emportée, toutes ses Cartouches sont épuisées, son Sabre cassé, elle dit au même instant, "J'ai vengé mon mari et mon frere de suite elle precipite ses pas et retourne près de Leyrac, panse ses plaies, le presse dans ses bras le porte avec ses freres d'Armes a l'Hospice militaire et lui prodigue tous les soins de la tendresse Conjugale.

Courage & Humanité du C. Le Cerf
Officier de Santé

20 Germinal An 7 (9 Avril 1799.)

Il s'écroula à Montrieux, Canton de Villiers, près Vendôme, Dép.ᵗ de Loir et Cher, 158 mètres, 452 Millimètres (180 pieds de long) sur 9 mètres, 742 Millimètres (30 pieds de profondeur) des rochers, formant différentes Caves qui ont entraîné l'éboulement de plusieurs maisons, dans l'une des quelles étoit un enfant sous les décombres; Le C. Le Cerf, Officier de Santé à Villiers, passant alors et entendant ce récit, n'écoutant que le cri de l'humanité, se fait jour à travers les Rochers encore en mouvement, et quoiqu'il eut failli avoir le bras coupé par un quartier de Rocher, il ne se rebute point, il sauve l'Enfant, l'emporte dans ses bras, et en le caressant, " pauvre petit lui dit-il, de quel affreux danger je t'ai sauvé, à peine revient il triomphant que le Rocher s'écroule de nouveau.

L'Administration du Canton, sur le Réquisitoire du Commissaire Exécutif, frappée de cet Acte de Dévouement et d'Humanité, lui a décerné une Couronne Civique dans la Séance du 30 G.ᵃˡ An 7.

Dévouement et Générosité
du C.ⁿ Volf.

19 Brumaire An 6 (10 9ᵇʳᵉ 1797)

Le C.ⁿ VOLF demeurant à Embrun apperçut un homme qui alloit infailliblement périr au passage du torrent de Bescordon, extraordinairement grossi par les pluies continuelles qui tomboient depuis 4 jours : C'étoit un Pere de famille du même lieu, VOLF connoissoit tout le danger qu'il y avoit à se livrer au torrent, mais il connoissoit encor mieux tout le prix d'une belle action; il s'élance aussi tôt au milieu des flots rapides, lutte avec courage contre les vagues agitées, atteint ce malheureux qui alloit se noyer et le ramene sur le rivage sans connoissance, mais à peine eut il repris l'usage de ses sens qu'il s'empressa d'exprimer sa reconnoissance à son liberateur et lui offrit deux Ecus de six livres seul argent qu'il avoit sur lui, en lui disant : »Je voudrois pouvoir vous en donner davantage, VOLF lui repondit :»Brave homme, gardez votre argent ; J'ai aussi des Enfants, Je connois la situation d'un pere de famille, trop heureux de vous avoir sauvé la vie, le plaisir que j'éprouve fait ma recompense, La Municipalité d'Embrun dans sa Séance du 20 Brumaire an 6, a cité avec le plus grand éloge le noble dévouement du C.ⁿ VOLF, et lui décerna le plus beau prix, celui de la vertu.

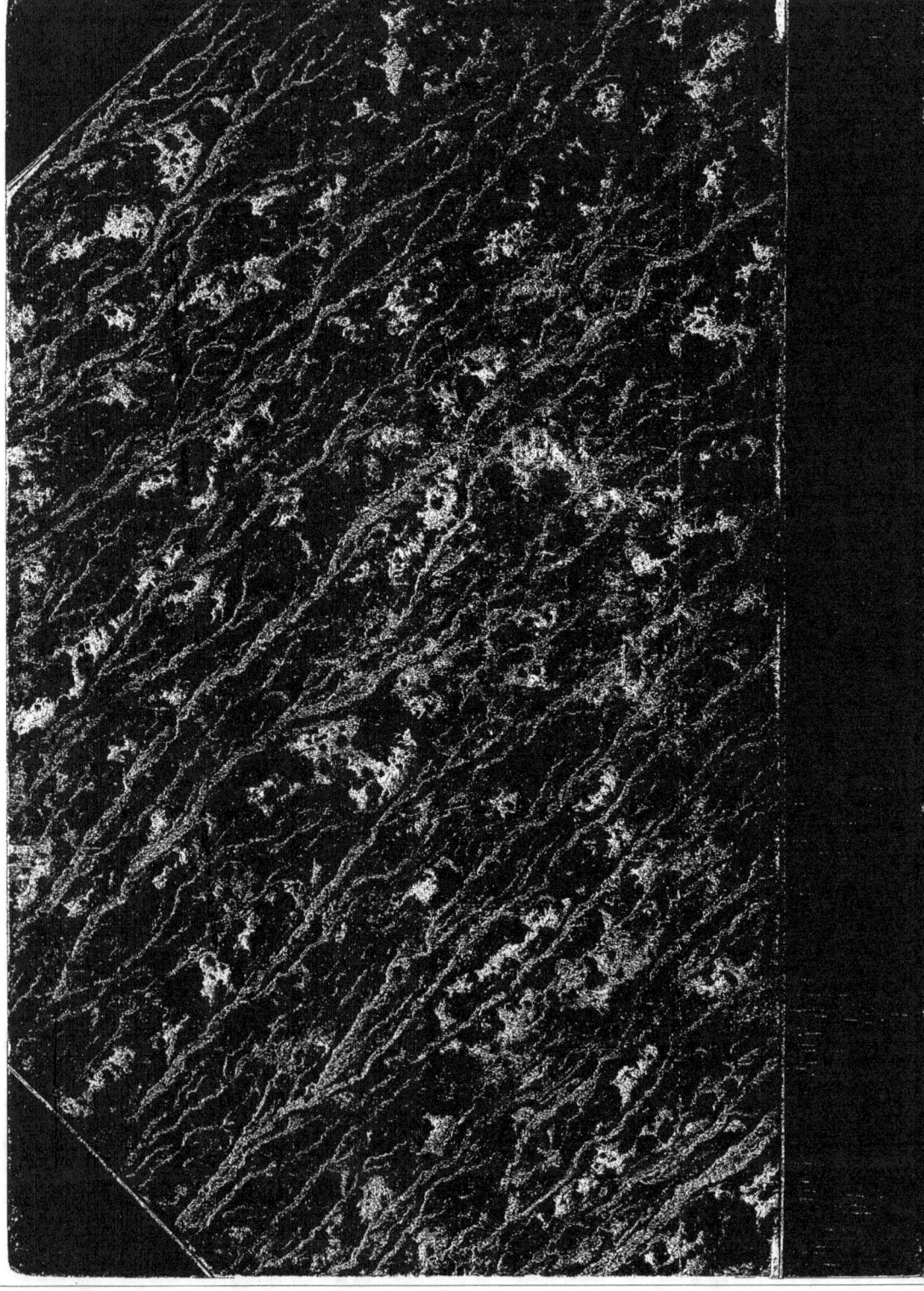

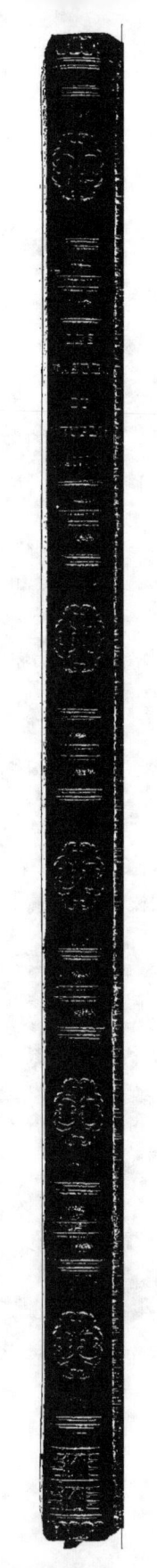

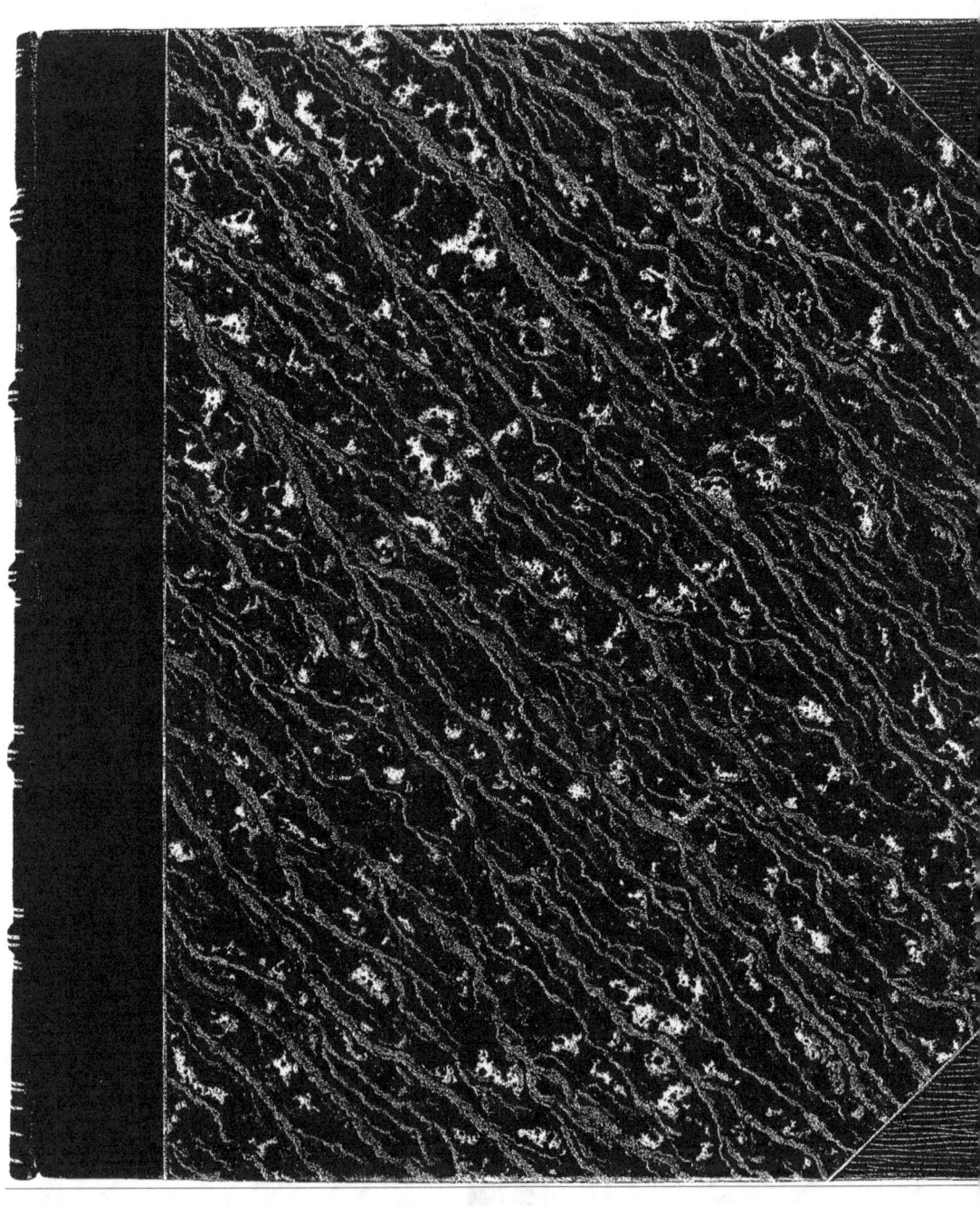

F. Ternisien d'Haudricourt

Les fastes du peuple français

Pièces jointes : trois compositions non gravées

S. doannis Jean ange —

N° 2++++ Action Courageuse
de François Doañet et Jean Ange
jeunes marins, prisonniers en Angleterre.

François Doañet, de Dieppe âgé de 20 ans, et Jean Ange de
honfleur âgé de 37 ans furent pris par un vaisseau anglais,
étant à bord d'un navire armé en course, et conduits dans les
prisons de Deal. ayant en horreur leur détention, ils résolurent
de tenter tous les moyens possibles pour recouvrer leur liberté,
et furent assez heureux pour réussir dans leur projet : ils feignirent
d'être malades; on les transporta dans un hôpital pour les soigner,
où ils n'eurent d'autre souci que de chercher l'occasion de se sauver.
en effet ils s'échappèrent pendant la nuit : les voilà rendus à eux mêmes,
mais non pas encore libres. il furent obligés d'errer pendant plusieurs
huit jours sur le rivage en souffrant la faim et craignant
toujours d'être surpris. parvenus à une petite baie à l'entrée
de la tamise, ils apperçurent un côtre gardé négligemment par
quelques matelots, et alors poussant le courage jusqu'à la
témérité, n'ayant d'autres armes que leurs couteaux, ils
sautèrent à l'improviste dans le côtre; l'un se saisit
tout à coup de quelques armes à feu; l'autre se jetta sur
un petit baril de poudre, et jura d'y mettre le feu au
premier danger qu'ils courraient. le premier armé d'un
sabre et d'un pistolet, ordonna aux matelots surpris de
faire voile aussitôt pour la france en leur disant qu'il
brulerait la cervelle à celui qui résisterait. ces jeunes marins
paroissant si déterminés à se faire obéir, ou à périr, les
forcèrent à appareiller sur le champ : ils essuyèrent une violente
tempête pendant le trajet et débarquèrent à Nieuport
où ils jouirent de leur liberté conquise par leur courage.

Claude Emonet

Action heroïque,
de Claude ~~M~~Emonet
Volontaire au 5.e Bataillon de l'Ain,
le 9 fevrier 1793. (24f)

Dans un combat Sanglant Sur les bords du Rhin
alexis Emonet grenadier du cinquième bataillon
de l'ain, en faction dans un poste dangereux est
frappé à la tête d'un boulet de canon qui lui fait
sauter la cervelle. cette généreuse victime ~~des~~
~~des coups~~ de l'ennemi, avoit un frere nommé
Claude Emonet, simple volontaire dans le même
regiment; par un singulier hazard Claude
Emonet Se trouve de garde au même poste, et
Son tour de faction Succede à celui de Son frere
qui venoit d'expirer. claude avec un Stoïcisme rare,
prend Son fusil et dit au Caporal " je vais achever
" la faction de mon frere." L'officier du poste,
et Ses autres Camarades S'opposent à cette noble
resolution et veulent le Soustraire à l'affreuse image
qu'il a Sous les yeux. claude insiste; Il exige qu'on
le place au même endroit tout couvert du Sang de Son
frere: il y est conduit et remplit Son devoir de factionnaire,
ayant le courage de commander à la nature.
quitte envers la patrie, on le voit ensuite S'acquitter des
devoirs de Son cœur, le metier des armes ne l'ayant pas
endurci au point d'être insensible aux plus douces
affections. relavé de Sa consigne il Se jette Sur le corps
de Son frere qu'il arrose de Ses larmes, en S'écriant, Oh
" mon cher alexis! je jure de venger ta mort, ou j'expirai
comme toi! cela a merité d'être consacré à la
posterité!

Coesse p^te a la 55e ½ B^de d'ohique

No 4xxxx

Action courageuse
du capitaine Coëffé. — 13 floréal an 8.

Pendant les Guerres d'Italie, Coëffé capitaine de la
Cent cinquième demi brigade de ligne, s'y est fait
remarquer par sa conduite distinguée et une
bravoure éclatante. Dans l'affaire qui eut lieu
pendant la nuit du quinze au seize floréal
an huitième, ce brave Capitaine étoit chargé
de deffendre la position importante de la Briga
à la tête de cent cinquante hommes bien aguerris.
Ses avant postes ayant été coupés par un corps
d'environ quatre cent Autrichiens commandés
en personne par le général Belleyarde,
Coëffé alors, sans se déconcerter multiplia tous
les moyens possibles de résistance ; et par sa valeur
intrépide et celle de ses frères d'armes après un
combat vigoureux, il couvrit la terre de morts,
et disputa avec le plus grand succès ce passage
à ses nombreux adversaires ; ce qui donna le tems
aux troupes françaises qui se trouvoient à Tende
de s'emparer de la position de ce poste avantageux.
Bonaparte premier consul de la République, lui a
décerné, a titre de récompense nationale, un
Sabre d'honneur, avec un brevet, le 2e jour
complémentaire de l'an 9e.

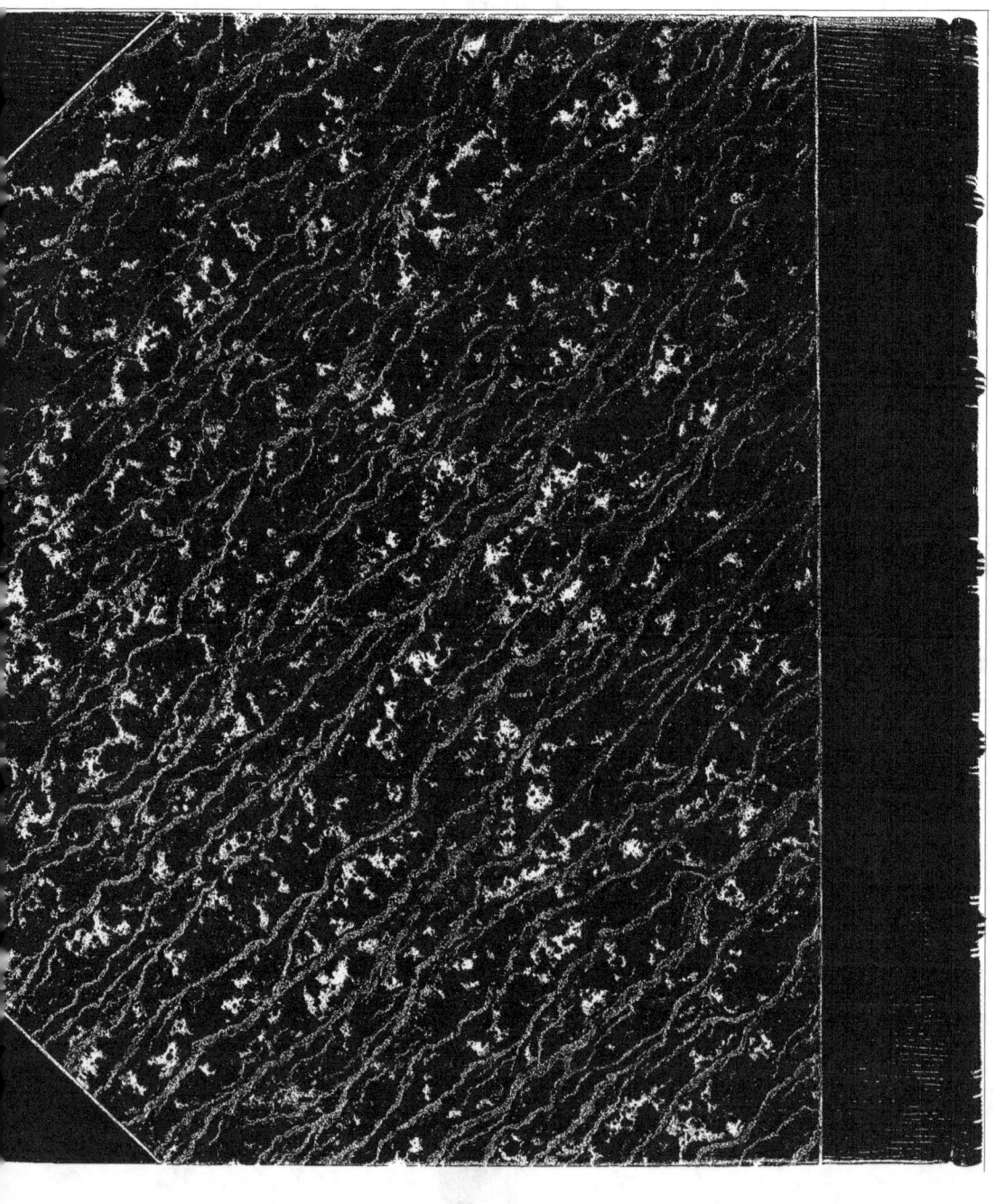

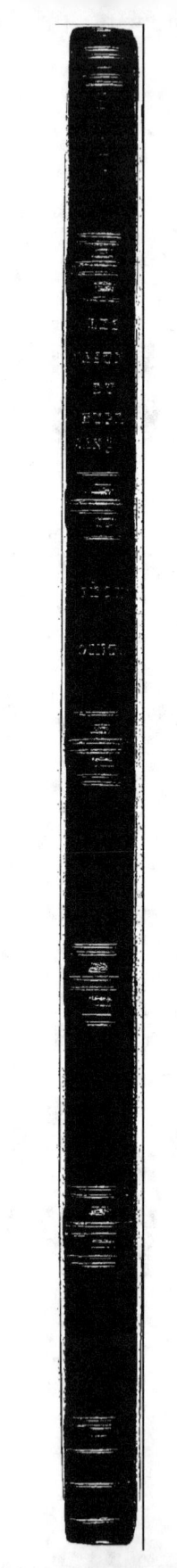

www.ingramcontent.com/pod-product-compliance
Lightning Source LLC
Chambersburg PA
CBHW060432260626
47161CB00005B/1894

* 9 7 8 2 0 1 9 5 7 9 4 5 6 *